कहानी पार्क

नटखटी, चटपटी कहानियाँ
(बाल कहानी संग्रह)

समीर गांगुली

Delhi - 110089, India

संस्करण : 2020
ISBN : 978-93-89984-36-1

प्रखर गूँज पब्लिकेशन
एच-3/2, सेक्टर-18, रोहिणी, दिल्ली-110089
दूरभाष : **7982710571, 7838505899, 011-27851059**

प्रथम संस्करण : 2020
मूल्य : 125/-

कहानी पार्क
(नटखटी, चटपटी कहानियाँ)
समीर गांगुली

Kahani Park (Natkhati, Chatpati kahaniyan)
By Samir Ganguly
Published by
PRAKHAR GOONJ PUBLICATION
Delhi-110089
E-mail : prakhargoonj@gmail.com
　　　　sinha.neelu123@gmail.com
Ph. : 011-27851059, 7982710571, 7838505899

कहानी पार्क

नटखटी, चटपटी कहानियाँ

(बाल कहानी संग्रह)

समीर गांगुली

जन्म : 27 नवंबर 1955
शिक्षा : एम.एससी. (गणित), एम.ए. (हिन्दी)
बचपन तथा युवावस्था का प्रथम चरण देहरादून में बीता।
सार्वजनिक क्षेत्र की एक बीमा कंपनी में वरिष्ठ अधिकारी के रूप में लगभग दो दशक तक सेवा प्रदान की।
अस्सी के दशक में बाल–साहित्य लेखन की शुरूआत, तत्कालीन सभी पत्र–पत्रिकाओं में प्रकाशित। दो बाल उपन्यास तथा एक कहानी संग्रह प्रकाशित। 600 से अधिक रचनाएं प्रकाशित।
अनेक कहानियां चर्चित व अन्य भाषाओं में रूपान्तरित।
नौकरी के सिलसिले में मुंबई आगमन और यहीं स्थायी प्रवास।
हिन्दी विज्ञापन लेखन से जुड़ना तथा तीन दशकों से अधिक समय से इस क्षेत्र में सक्रिय। तकरीबन हर विज्ञापन एजेन्सी और हर ब्रांड के लिए हिन्दी विज्ञापन (प्रिंट, रेडियो, टीवी) लेखन सन 2004 में नौकरी से त्यागपत्र देकर पूरी तरह विज्ञापन लेखन।
छुटपुट रूप से धारावाहिक तथा टेलीफिल्म के लिए संवाद लेखन भी।
रेडियो के लिए अनेक प्रायोजित कार्यक्रम लिखे।
कुछ पुस्तकों का अनुवाद।

संपर्क : 9819424390
ईमेल : samir.g1127@gmail.com

पत्र व्यवहार के लिए पता :
Samir Ganguly
301, Vastu Riddhi, A Wing,
Pump House, Andheri(East)
Mumbai - 400093

अनुक्रमणिका

डुगडुगी, छड़ी और मंतर

एक जंगल में रहता था एक बंदर। मस्त कलंदर। सारा दिन बंदरपन करता फिरता। कभी सोते भालुओं के कान में चीख कर उन्हें डराता तो कभी डाल हिलाकर पक्षियों को उड़ाकर खिलखिलाता। अपनी शैतानियों से सबको हंसाता, सबको रुलाता।

अपने इसी बंदरपने में एक दिन वह निकल आया शहर की तरफ। एक छत से कूदकर दूसरी छत और एक दीवार को लांघ कर दूसरी दीवार तक पहुंचते हुए वह जा पहुंचा एक चौराहे तक। वहां उसने देखा कि एक मदारी, एक हाथ में डुगडुगी और दूसरे हाथ में छड़ी लिए हुए एक बंदर को नचा रहा है।

मदारी डुगडुगी बजाता और बंदर ठुमके लगाता।

मदारी छड़ी पटकता और बंदर कलाबाजी खाता।

यानी मदारी डुगडुगी और छड़ी से जो-जो आदेश देता, मदारी का बंदर उसका पालन करता।

जंगल के बंदर को डुगडुगी का यह खेल बड़ा मजेदार लगा।

खेल खत्म होने पर मदारी ने एक चादर बिछायी और घूम-घूम कर डुगडुगी बजाने लगा।

तुरंत ही लोग उसकी चादर पर पैसे और फल तथा मिठाई रखने लगे।

थोड़ी ही देर में मदारी की चादर में बहुत सारे पैसे, फल और मिठाई जमा गई। तब मदारी ने उन्हें समेटा और बंदर को लेकर अपने डेरे की तरफ लौटने लगा।

जंगल का बंदर भी उनके पीछे हो लिया। उसे मदारी की डुगडुगी बड़ी कमाल की चीज लगी। उसने सोचा, इस डुगडुगी में जादू है, इसे बजाकर किसी को भी नचाया जा सकता है

और लोगों को आदेश देकर अपनी कोई भी फरमाइश पूरी की जा सकती है जैसा कि यह मदारी कर रहा है।

यह सोचते-सोचते वह मदारी का पीछा करता हुआ उसके डेरे पर पहुंच गया। जब रात हुई और मदारी तथा उसका बंदर दोनों सो गए तो यह जंगल का बंदर दबे पांव नीचे उतरा और मदारी की डुगडुगी उठाकर रफूचक्कर हो गया।

भागते-भागते वह जंगल पहुंच गया। बाकी रात उसने किसी तरह सोते-जागते हुए बिताई। सुबह हुई तो बंदर डुगडुगी लेकर निकल पड़ा, उसे आजमाने, जंगल के जीव-जंतुओं पर उसका जादू देखने।

सामने भेड़ों का एक झुंड घास चर रहा था। वह उनके बीच में जाकर डुगडुगी बजाने लगा। भेड़ों पर उसका कोई असर नहीं हुआ, वे डुगडुगी की आवाज को अनसुना कर मजे से घास चरती रहीं।

''बुद्धू कहीं के!'' कहकर बंदर भेड़ों के बीच से निकल आया।

अब उसकी नजर पड़ी गन्ना चूसते चार हाथियों पर। उसने सोचा अगर हाथियों को वश में कर लिया जाए तो सारे जंगल पर उसका राज हो जाएगा। फिर क्या था, उसने हाथियों के सामने जाकर डुगडुगी बजाना शुरू कर दिया। हाथियों ने इसे अपनी शान के खिलाफ समझा और एक हाथी ने उसकी डुगडुगी छीन कर अपने भारी पैरों से उसे पिचका डाला, तो दूसरे हाथी ने उसे हवा में उछाल दिया, जमीन पर आते ही बंदर को अक्ल आ गई कि डुगडुगी में कोई जादू नहीं है।

रात को दुखती पीठ को सहलाते हुए उसने सोचा कि, हो न हो, जादू मदारी की छड़ी में है। वह डुगडुगी बेकार में ही उठा लाया।

सो अगली रात को वह चुपचाप से मदारी के डेरे में पहुंचा

और सोए मदारी और उसके बंदर से बचते हुए उसकी छड़ी को उठाकर एक बार फिर जंगल लौट गया।

अगले दिन जंगल का बंदर छड़ी लेकर निकला। छड़ी का जादू आजमाने। सबको अपना गुलाम बनाने।

सामने से राजा शेर को गुजरते देखा तो छड़ी आजमाने की हिम्मत नहीं हुई, वह झट से एक पेड़ की डाली पर जा छिपा।

शेर के गुजर जाने के बाद जंगली गधों को आते देखा तो बंदर की हिम्मत बढ़ गई और वह नीचे उतर कर गधों के आगे छड़ी लहराते हुए बोला, ''बैठ जाओ सब''।

गधों ने कान फैलाकर सुना और फिर उसकी बात को अनसुना कर दूसरी तरफ निकलने लगे तो बंदर उनके सामने आकर छड़ी दिखाते हुए बोला, ''खबरदार जो आगे बढ़े, चलो सब मिलाकर एक गाना गाओ।''

यह सुनकर एक गधे को इतना गुस्सा आया कि उसने जोरदार दुलत्ती मारी और बंदर बेचारा दूर जा गिरा। गधे की दुलत्ती खाकर उसे होश आ गया कि जादू मदारी की छड़ी में भी नहीं है।

लेकिन इस खुराफाती बंदर को इतने में चैन कहां। वह सोचने लगा कि अगर जादू डुगडुगी में नहीं, छड़ी में नहीं, तो किसमें है। और जादू कहीं न कहीं तो जरूर है, वरना लोग पैसा और खाने-पीने की चीजें क्यों लुटाते।

इसका जवाब पाने के लिए जंगल का बंदर अगली रात जा पहुंचा मदारी के बंदर के पास। उसके सोने से पहले।

वह साथ में कुछ फल भी ले गया था। इसलिए जल्दी ही दोनों में दोस्ती हो गई। फिर जंगल के बंदर ने पूछ ही लिया कि मदारी की डुगडुगी और छड़ी में जादू नहीं, तो जादू कहां है?

यह सुनकर मदारी का बंदर बोला, ''जादू मदारी के मंतर में है!''

जंगल का बंदर चौंक कर बोला, ''यानी वह बात, जो मदारी बोलता है। तो भय्या मुझे बता दो, वो बोलता क्या है?''

मदारी का बंदर बेरूखी से बोला, ''मुझे क्या पता वह क्या बोलता है। मुझे उसमें कोई दिलचस्पी नहीं। बस वह मुझे भरपेट खाना देता है। प्यार करता है, सेवा करता है। मैं इतने में खुश हूं।''

जंगल का बंदर हाथ जोड़कर बोला, ''मेरे भाई किसी तरह मुझे वह मंतर बता दो। कल याद कर लेना और रात को मुझे बता देना। बदले में मैं तुम्हें खूब फल लाकर दूंगा।

मदारी का बंदर बोला, ''नहीं-नहीं, मदारी की बात मेरी समझ नहीं आती। वैसे भी मेरी याददाश्त कमजोर है। मैं तुम्हारी मदद नहीं कर सकता।''

जंगल का बंदर बोला, ''अरे भाई, कोई तो रास्ता होगा? सोचो जरा, मैं हर कीमत में ये मंतर पाना चाहता हूं।''

मदारी का बंदर कुछ सोचते हुए बोला, ''तब तो एक ही रास्ता है, मेरी जगह कल तुम मदारी के साथ खेल दिखाने जाओ, और वो जो कुछ बोले उसे रट लो। शाम को जब मदारी और तुम लौटोगे तो फिर हम अपनी-अपनी जगह बदल लेंगे।''

''अरे वाह! क्या कमाल का रास्ता खोज निकाला है तुमने'' जंगल का बंदर बोला।

''तो अब मेरे गले की जंजीर खोल दो'' मदारी का बंदर बोला।

जंगल के बंदर ने फौरन मदारी के बंदर को खोल कर आजाद कर दिया और फिर मदारी के बंदर ने उसी जंजीर से शहर के बंदर को बांध दिया।

मदारी के बंदर की जगह लेने के बाद जंगल का बंदर जोश में आकर बोला, ''मुझे अभी से कल सुबह का इंतजार है।''

इस पर मदारी के बंदर ने एक छलांग लगाकर दीवार पर

बैठते हुए कहा, ''दोस्त, अब सुबह का नहीं, अपनी तरह किसी उतावले, बेवजह की दिलचस्पी दिखाने वाले बंदर का इंतजार करो। तुम्हारी तरह मैं भी कभी इसी जादू की तलाश में यहां आ पहुंचा था। और मदारी के उस समय के बंदर ने अपनी मीठी-मीठी बातों में फुसलाकर अपनी जंजीर मुझे पहना दी थी। मैं इस मदारी का छठा बंदर था। तुम सातवें हुए। अब आठवें का इंतजार करो और हमेशा याद रखना-जिस बात का अपने से कोई मतलब न हो, उसके पचड़े में कभी नहीं पड़ना चाहिए।''

13

दाने दाने की एक कहानी

धनी राम था एक मस्त पंसारी।

अगर माप-तौल में डंडी मारता था तो बच्चों को रूंगा (थोड़ा ज़्यादा) भी देता था।

उसकी दुकान में घरेलू इस्तेमाल का सारा सामान बिकता था। नून, तेल, गुड़ से लेकर दाल-चावल-गेहूं और झाड़ू, दातून तक।

लाला अकेला सारी दुकान संभालता था। कंजूस था इसलिए नौकर-चाकर नहीं रखता था।

सुबह आठ बजे दुकान खुलती थी और रात को आठ बजे बंद होती थी।

दोपहर एक बजे लाला धनी राम के घर से चार डिब्बों वाले टिफिन कैरियर में खाना आता-पूरी, सब्जी, दाल, चावल, अचार और छाछ।

लाला गद्दी पर चौकी लगाता। डिब्बा खोलता। बड़े चाव से खाना खाता। फिर तसल्ली से एक लंबी डकार लेता और डिब्बा समेट कर, चश्मा माथे पर चढ़ाकर, मुंह खोलकर, दुकान को खुला रखकर ही सो जाता।

हां सोने से पहले एक पुरानी सिलेट पर चॉक की खड़िया से लिखता-

दुकान

बंद

है

लाल के खर्राटे शुरू करते ही एक दूसरी दुनिया शुरू हो जाती।

सबसे पहले मोटे कांच वाला चश्मा पहने एक नटखट

लड़की दबे पांव आती। चॉक-खड़िया उठाती और लाला की सिलेट पर तीन अक्षर और जोड़ती, जिससे लाला का लिखा यूं बन जाता—

दुकान दार

बंद र

है

और भाग जाती।

उसके बाद एक मोटा चूहा प्रकट होता और सामान के बोरे-डिब्बों पर अपनी पूंछ फटकारते हुए बोलता—

ये दुकान मेरी है।

जो चाहे खाऊंगा,

जो चाहे बेचूंगा

मगर पहले लाला का बचा खाना खाऊंगा।

यह कहकर वह लाला के टिफिन बॉक्स की तलाशी लेने लगता।

उसकी बात सुनकर बोरों में बैठे-लेटे दाने-मटर, चना, गेहूं, धनिया, मिर्च, आलू, प्याज, बादाम, अखरोट सब हो-हो कर हंस पड़ते।

तभी एक गौरय्या फुर्र-फुर्र करके आती।

एक मेज पर पैर टिकाती और सबको डांट कर जोर से बोलती –चुप्प!

तुरंत सन्नाटा छा जाता।

गौरय्या अपने पंख फुलाकर, डरावनी दिखने की कोशिश करते हुए फिर बोलती, ''खा जाऊंगी! कच्चा!! और साथ-ही-साथ, बाजरे की बोरी में चोंच मारकर चार बाजरे निगल जाती।

दानों की दुनिया में हाहाकार मच जाता। सब के सब मटर के दाने की तरफ देखने लगते।

मटर का दाना, खड़ा होकर दया का गीत गाने लगता।

उड़द, मटकी और अरहर के दाने एक साथ विलाप राग छेड़ते।

तब गौरय्या परेशान होकर पूछती, ‘‘मैंने, ऐसा क्या कहा, कि तुम सब रोने लगे। ये तो सरासर ज़्यादती है।’’

ऐसा हर रोज होता। दाने चुप हो जाते और गौरय्या चुन-चुन कर दाने चुगती। कुछ दाने पोटली में भरती और लाला के जागने से पहले ही फुर्र से उड़ जाती।

मगर एक दिन ऐसा नहीं हुआ।

गौरय्या ने अपना डायलॉग दोहराया और चने का दाना तन कर खड़ा हो गया और पूरी आवाज में बोला, ‘‘ज़्यादती हमारी नहीं तुम्हारी है?’’

गौरय्या ने चौंक कर पूछा, ‘‘क्या कहा?’’

बाकी सभी दानों ने एक साथ कहा, ‘‘सच कहा।’’

इससे चने के दाने का हौंसला बढ़ गया, वह बोला, ‘‘तुम हमेशा मनमानी करती हो, रोज हमें खाती फिरती हो। कभी तो बदला चुकाने की सोचो। हमारी आजादी की सोचो। हमारा नामोनिशान मिटने से बचाओ।’’

गौरय्या चकराई ‘‘मगर कैसे?’’

सब चुप हो गए। तभी लाला की बची जलेबी खाकर खुश हुआ चूहा बोला, ‘‘तरीका मैं बताता हूं! हर बोरी से एक दो दाने ले जाओ और बाहर नदी किनारे मिट्टी में बो दो।

जल्दी ही बरसात शुरू हो जाएगी। ये सब नए रूप में जी उठेंगे’’।

गौरय्या सर हिलाकर बोली, ‘‘आयडिया तो अच्छा है, चलो आज से ही ऐसा शुरू करती हूं।’’

और इस तरह गौरय्या हर बोरी, हर डिब्बे से एक-दो दाने चुन कर उन्हें नदी किनारे की जमीन पर दबाने लगी।

कई दिनों के बाद जब काम पूरा होने को था, एक बारीक

सा दाना, जो कि उस दुकान का सबसे छोटा और सबसे बदरंग दाना था, गौरय्या के पास आकर बोला, ''मुझे भी ले चलो।''

गोरय्या उसे देख हंस कर बोली, ''मगर तुम हो कौन?''

वह दाना बोला, ''मैं हूं अनजाना, मुझे अपने नाम, जाति और गुण का कोई पता नहीं।''

यह सुनकर बाकी दाने खिलखिलाकर हंस पड़े। लगे उसका मजाक उड़ाने, मगर गौरय्या को उस पर दया आ गई, वह बोली, ''ठीक है चलो तुम्हें भी ले जाती हूं।''

गौरय्या की बात सुनकर और तीन बेढंगे, बदसूरत दाने भी आ गए और बोले, ''यहां हमसे ना कोई बोलता है, न खेलता है, हमें भी ले चलो।''

गौरय्या बोली, ''चलो तुम भी''

फिर वह दानों की तरफ मुड़कर बोली, ''मैं जा रही हूं अपनी बहन के घर रहने उसकी आंखों का ऑपरेशन हुआ है। उसका घर संभालने। लौटूंगी तीन महीने बाद। तब फिर तुमसे होगी मुलाकात।''

यह कह गौरय्या फुर्र से उड़ गई।

फिर आए बरसात के दिन। झमाझम पानी बरसा। मौसम बदला। हवा चलने लगी। ठंड बढ़ने लगी। लाला लंबा कोट पहन पर आने लगा।

और कई महीनों के बाद गौरय्या के फिर से दर्शन हुए।

उसी समय। दोपहर में। जब लाला खर्राटे भर रहा था।

गौरय्या एक मेज पर आ कर बोली, ''खुशखबरी लाई हूं। चने, मटर, मूंग, अरहर, धनिया, मिर्च सबने नया जन्म लिया है। हरे-हरे सुंदर पौधों के रूप में। जब हवा चलती है तो वे झूमते हैं। वे मिट्टी से पानी, खाद चूस कर बड़े हो रहे हैं और बहुत खुश हैं। वे पत्ते हिला-हिला कर तुम्हें धन्यवाद कहते हैं। कुछ दिनों बाद उनमें फूल खिलेंगे, फिर फलिया आएंगी। उनमें

नए दाने भरेंगे और वे और बढ़ेंगे। फैलेंगे''

यह सुनकर दाने खुशी से खिलखिला उठे।

सिर्फ कोने में पड़ा एक दाना उदास पड़ा रहा।

गौरय्या उसकी तरफ मुड़कर बोली, ''अरे अनजाना के भाई, अब उदास मत रहो। तुम्हारी पहचान हो गई। तुम्हारा भाई अब बरगद का पौधा बन गया है। वह तेजी से बढ़ता जा रहा है। बड़े-बड़े पत्ते और मोटी-मोटी शाखाएं निकल रही है।''

चने का दाना तैश में आकर बोला, ''ऐसा कैसे, हमारे सौवें हिस्से जितने, काले-बदरंग दाने के अंदर इतना बड़ा वृक्ष कैसे?

गौरय्या मुस्कराकर बोली, ''यही तुम सब के लिए सीख है। जिसे तुमने हमेशा अनदेखा किया, वह अंदर से कितना विशाल हो सकता है। याद रखो, बरगद केवल कद-काठी में ही विशाल नहीं होता है, बल्कि दिल से भी बहुत उदार होता है।

वह अनेक पक्षियों, पशुओं को आश्रय देता है।

फल देता है। हवा को शुद्ध करता है।

छांव देता है। और हजार-हजार वर्ष तक जिंदा रहता है।''

यह सुनकर चने का दाना अपनी जगह से उठा और आगे बढ़कर उसने अनजाना के भाई को गले से लगा लिया।

यह देखकर सभी दानों के आंखों से आंसू आ गए और सब एक सुर में खुशी का गीत गाने लगे।

तभी सबने देखा, चूहा लाला के सिर पर खड़े होकर ठुमक-ठुमक कर नाच रहा है।

बड़ी आसानी से

शिशु को बाग में नन्ही कुल्हाड़ी उठाए आते देखा तो लाल बंदर एक डाली से दूरी डाली पर लपकता हुआ बोला, ''बच्चू को कच्चे और सख्त बेल फल मार–मार कर बेहोश कर दूंगा। बड़ा आया पेड़ काटने वाला।''

छत्ते से निकलकर पत्ते पर बैठी मधुमक्खी ने डंक उठा कर कहा, ''और मैं ऐसा डंक चुभाऊंगी कि वह बाग में आना ही भूल जाएगा।''

''मैं उसके सर पर चोंच मारूंगा।'' कौवा अपनी ही धुन में बोला।

''और मैं....'' काला फनियल सांप पेड़ की कोटर से फन निकाल लहराकर बोला, ''और मैं....एक ही झटके से उसका काम तमाम कर दूंगा।''

शिशु अब तक उस पेड़ के नीचे आ चुका था, जिस पर घर बनाकर ये सब जीव छुपे बैठे थे।

शिशु ने कुल्हाड़ी उठाई।

बंदर ने बेल फल तोड़ा, मधुमक्खी ने डंक लहराया, कौवा गोता लगाने को तैयार हुआ और काले सांप ने फन फैला लिया।

''ठहरो! खबरदार!! जो किसी ने कुछ किया।''

सभी जीव यह आवाज सुनकर चौंक उठे। यह बाग के सबसे ऊंचे पेड़ पर रहने वाला और सबसे अधिक सुनने वाला गरूड़ था। पर आज वह नीचे उतर आया था। उस पेड़ पर उसके बैठते ही पेड़ हिल उठा था।

सभी जीवों को सुनाते हुए गरूड़ बोला, ''अगर शिशु को तुमने कोई चोट पहुंचाई तो फिर तुम भी बच नहीं पाओगे।

इसके परिवार वाले तुम्हारे खून के दुश्मन होकर सारे बाग में आग लगा देंगे। तुम्हारे साथ-साथ तुम्हारा परिवार भी आफत में पड़ जाएगा।''

''तो हम करें क्या?'' लाल बंदर बोला।

''तुम्हें कुछ भी करने की जरूरत नहीं।'' गरूड़ बोला।

''लेकिन तब तो वह पेड़ काट डालेगा।'' काले सांप ने चिढ़कर कहा, ''और हम बेघर हो जाएंगे।''

''नहीं, यह नौबत नहीं आएगी।''

''सो कैसे?''

''वह नीलू गिलहरी और मोना बुलबुल के जिम्मे।''

''क्याऽऽऽ??''लाल बंदर खीं-खीं कर हंस दिया।

नीलू गिलहरी और मोना बुलबुल भी न चकराए हों, ऐसी भी बात नहीं। उन्होंने कौतूहल से गरूड़ को देखा। मानो पूछना चाहते हों कि हम शिशु को पेड़ काटने से कैसे रोक सकते हैं?

गरूड़ ने आंखें झपका कर कहा, ''जाओ मेरे बच्चों, शिशु को गाना सुनाओ, उसे अपना दोस्त बनाओ, सब सुलझ जाएगा।''

बस यह इशारा काफी था। मोना बुलबुल की मीठी सुरीली तान लहरा उठी। शिशु का कुल्हाड़ी वाला हाथ नीचे झुक गया और आंखें पत्तों के बीच छुपी बुलबुल को ढूंढने लगीं। तभी डालियों के बीच से छोटा सा मुंह निकालकर नीलू गिलहरी 'हीऽऽऽही' कर फिर से छिप गई।

शिशु को बड़ा मजा आया।

गिलहरी ने फिर मुंह निकालकर झांका और अब तो शिशु और नीलू गिलहरी की लुकाछिपी ही शुरू हो गई। नीलू इधर छिपती तो शिशु उधर ढूंढता।

इसी समय थोड़ी दूरी पर उत्तर दिशा में गरूड़ ने भी पंख फड़फड़ाकर अजीब सा नाच दिखाकर सबको खूब हंसाया।

लाल बंदर ऐसे में भला कब पीछे रहता। उसने पके-पके खूब सारे फल शिशु की तरफ उछालने शुरू किए और शिशु सबको लपकता गया।

ऊफ! ऐसे में फनियल सांप, काला कौवा और डंक वाली मधुमक्खी का भी खूब जी चाहा कि वे भी कुछ करें, पर अफसोस शिशु के लिए वे कुछ भी नहीं कर सकते थे।

फिर भी इतना तो उनकी समझ में आ गया कि जो काम दुश्मनी नहीं कर सकती, उसे दोस्ती बड़ी आसानी से कर सकती है।

क्रिसमस ट्री और नीला सितारा

नई बात यह नहीं थी कि पहाड़ी पर बर्फ पड़नी शुरू हो गई थी। नई बात यह भी नहीं थी कि बच्चों के लाल-पीले कोट बाहर निकल आए थे। नई बात तो यह थी कि बच्चों की टोली खाली हाथ लौट आई थी। निराश और मुंह लटकाकर। पूरी पहाड़ी छान मारी थी पर कहीं भी नहीं मिला था क्रिसमस ट्री, जबकि क्रिसमस के तीन दिन ही बचे थे।

ऐसे में माइक ने घोषणा की, ''मैं अकेला जाऊंगा और क्रिसमस ट्री खोज कर लाऊंगा।''

बच्चों की टोली माइक को साथ नहीं ले गई थी, सो उसका इस तरह बढ़चढ़ कर बोलना किसी को भी अच्छा नहीं लगा।

रॉबिन तो मुंह बनाकर बोला भी, ''अकेला जाएगा, तो भेड़िये तुझे चीरकर खा जाएंगे।''

लेकिन माइक ने किसी की भी परवाह नहीं की। अपना लाल कोट थोड़ा और कसा और एक छोटी कुल्हाड़ी लेकर जंगल की ओर रवाना हो गया। तभी रूई की फांहों की तरह बर्फ पड़नी शुरू हो गई और अंधेरा सा भी छाने लगा।

वह देर तक चलता रहा। लौटते चरवाहे और लकड़हारे भी उसे राह में मिले। उसने सबसे क्रिसमस ट्री के बारे में पूछा, पर उन्हें कुछ भी मालूम नहीं था। हर कोई यही बोल रहा था कि आज तक इस जंगल में उन्होंने एक भी क्रिसमस ट्री उगा हुआ नहीं देखा। वैसे सच बात तो यह थी कि उन्हें क्रिसमस ट्री की पहचान ही नहीं थी।

माइक फिर से आगे बढ़ने लगा और घने जंगल में अंदर की तरफ घुसने लगा। चलते-चलते एक विशाल बरगद के नीचे

एक बूढ़े आदमी को बैठा देख वह चौंक गया। हालांकि उस बूढ़े की दाढ़ी सन सी सफेद नहीं थी और ना ही उसने लाल लबादा पहन रखा था। फिर भी माइक को वह सांता क्लॉज जैसा लगा।

माइक को देखकर बूढ़े ने अपनी झबरी दाढ़ी पर हाथ फेरते हुए कहा, ''बच्चे, आगे एक सूखा तालाब है, वहां कभी अद्भुत किस्म के क्रिसमस ट्री हुआ करते थे। जिनकी खोज में दूर-दूर से बच्चे यहां आया करते थे।''

''कैसे अद्भुत क्रिसमस ट्री बाबा?'' माइक ने हैरानी से पूछा।

''बच्चे उस पवित्र ट्री को घर में सजा कर रखते थे। अगर वे सच्चे दिल से भले काम करें और प्रभु यीशु के बताए रास्ते पर चले तो आधी रात के बाद कोई भी देख सकता था कि क्रिसमस ट्री पर एक बड़ा सा सितारा चमकने लगता था।'' बूढ़े ने अपनी चीजें समेटते हुए कहा।

बूढ़े की बात से माइक का उत्साह बढ़ गया और वह तालाब की खोज में बढ़ चला।

तालाब पर पहुंच कर माइक ने देखा कि वहां तो बर्फ बहुत ज़्यादा ही गिरी थी। क्या पेड़, क्या पत्थर और क्या धरती-सभी कुछ बर्फमय था। आसपास पचासों झाड़ियां थीं, पर बर्फ से ढकी होने के कारण सभी एक सी लग रही थीं।

''अरे यह क्या?'' उसने चौंक कर एक छोटी सी झाड़ी की ओर देखा। सात छोटी-छोटी चिड़ियां बर्फ पर जमी बैठी थी। उसने हाथ बढ़ाकर एक चिड़िया को उठाया। बेबस चिड़िया बर्फ की मार से अधमरी थी। उसने झटपट रूमाल निकालकर चिड़िया के शरीर से बर्फ झाड़ी और अपनी फरवाली टोपी उतार पर, उसमें उसे बैठा कर अपने दस्तानों से उसे इस तरह ढक दिया। जिससे उसे ज़्यादा से ज़्यादा गर्मी मिल सके। इसी तरह एक-एक कर उसने सातों चिड़ियों का उद्धार किया।

गीली चिड़ियां अभी भी थरथरा रही थीं और उसकी तरफ बड़ी मासूमियत से देख रही थी। सो उसने आसपास से लकड़ियां और घास इकट्ठी कर आग जलायी। गीली लकड़ियों को जलाने लायक बनाने के लिए उसे अपने मोजे और बनियान जलाने पड़े। आग की गरमी से चिड़ियों की जान में जान आयी, पर अब वे चीं-चीं कर रोने लगीं और चिल्लाने लगी मानो वे कह रही हैं ''हम भूखी हैं, हमें दाना चाहिए। खाना चाहिए।'' माइक ने कहा, ''ठीक है, मेरे साथ घर चलो। मैं ढेर सारा खाना दूंगा और इस भयंकर बर्फीली सर्दी से तुम्हारी रक्षा भी करूंगा''।

दरअसल ये लाल-पीली चिड़ियां उसे खूब भा गयी थी। उसकी बात सुनकर सभी चिड़ियां एक साथ बोली, ''हमारा घर तो यह झाड़ी है। हम इस झाड़ी को छोड़ कर नहीं रह सकतीं।''

''अगर ऐसा है तो मैं इस झाड़ी को भी काट कर साथ लिए चलता हूं।'' माइक ने कहा और अपनी छोटी कुल्हाड़ी उठा कर झाड़ी को काटने लगा।

बर्फ से उसके हाथ सुन्न हो गए थे और अब कुल्हाड़ी चलाने से हाथों में छाले पड़ने लगे थे। खैर उसने किसी तरह झाड़ियां काटीं, फिर उन सातों चिड़ियों को हिफाजत के साथ कोट की जेब में रखकर कंधे में झाड़ी उठा घर की ओर चल दिया।

टोली के बच्चे उसे इंतजार करते मिल गए। उन्हें देखकर ही उसे याद आया कि वह क्रिसमस ट्री की खोज में गया था, लेकिन चिड़ियों के चक्कर में वही सब भूल गया।

''अरे वाह! यह क्रिसमस ट्री तुम्हें कहां मिला माइक? हमने तो सारा जंगल छान मारा था।'' डेविड ने चकित होते हुए पूछा।

''कैसा क्रिसमस ट्री?'' माइक ने सोचा कि सभी लोग उसका मजाक उड़ा रहे हैं।

''ऐसा सुंदर क्रिसमस ट्री तो आज तक मैंने सपने में भी

नहीं देखा।'' एंजिला ने ललचायी आंखों को नचाते हुए कहा।

माइक ने हैरत से कंधे पर लदा पौधा नीचे उतारा तो चौंकने की बारी अब उसकी थी। इतना रस्ता चल लेने से झाड़ी की बर्फ झड़ चुकी थी। वह अनजान झाड़ी एक खूबसूरत क्रिसमस ट्री के रूप में सामने थी।

''माइक क्या हमें घर बुलाओगे, अपना क्रिसमस ट्री दिखाने?'' डेविड ने पूछा।

माइक मित्रों के मन की बात समझ कर बोला, ''दोस्तों, यह हम सबका क्रिसैमस ट्री है। इसे मैं अपने घर में नहीं ले जाऊंगा। इसे हम चर्च में सजाएंगे और सबको यह जानकर आश्चर्य होगा कि इस झाड़ी पर सात चिड़ियों का बसेरा है। उनकी देख-रेख भी हम सब मिल-जुल कर ही करेंगे।''

बस, फिर क्या था ? बच्चों की टोली पूरे जोश के साथ पहाड़ी पर बने चर्च की ओर चल पड़ी। क्रिसमस ट्री को सजाने के लिए हर बच्चा अपने घर से एक-एक प्यारा उपहार लाया और चिड़ियों के लिए खाना-दाना।

दो दिन बाद क्रिसमस के दिन जो भी चर्च में आया, सबसे पहले उसकी नजर क्रिसमस ट्री पर ही गयी। ऐसा अद्भुत क्रिसमस ट्री उनकी कल्पना से परे था।

सारा गांव ही चर्च की ओर दौड़ पड़ा। चर्च पर पहुंच कर उन्होंने देखा कि क्रिसमस ट्री की सातों चिड़ियां झूम-झूम कर गा रही हैं। सबने देखा कि क्रिसमस ट्री के पीछे एक बड़ा सा नीला सितारा उभर आया है और उसमें से एक हंसमुख लड़के का चेहरा झांक रहा है। वह चेहरा माइक का था।

तिलचिट्टा जो मौत से डरता था

एक तिलचिट्टा था जिसे पैदा होते ही बता दिया गया था कि एक दिन उसे मार डाला जाएगा। क्योंकि तिलचिट्टों के दुश्मन हजार होते हैं और सभी तिलचिट्टे एक न एक दिन मार दिए जाते हैं। तिलचिट्टा जब थोड़ा बड़ा हुआ तो उसने पाया कि उसे चेतावनी देने वाले खुद कहीं गायब हो गए है। शायद उन्हें भी किसी ने मार डाला था।

इससे तिलचिट्टा घबरा गया और बेहद डरा-डरा रहने लगा। उसे बात-बात पर अपने मारे जाने की चिंता सताती और वह रोने लगता तथा घंटों तक रोता रहता।

ऐसे ही एक दिन जब वह रो रहा था, सामने से एक गोल-मटोल चूहा निकला। वह हंसमुख चूहा था। उसे बड़े अचरज से देखते हुए एक गोल चक्कर काटकर हंसमुख चूहे ने पूछा, ''वाह! तुम क्या गा रहे हो भाई?''

तिलचिट्टे ने आंसू बहाते हुए कहा, ''मैं तो रो रहा हूं''

-मगर यह तो गाना है।

-नहीं, यह मेरा रोना है।

चूहे को यह जानकर हैरानी हुई। वह हाथ जोड़कर बोला, ''माफ करना तिलचिट्टे भाई, तुम्हारे रोने को गाना समझकर मैं तो ताली बजाने वाला था। मेरे ख्याल से तो तुम रो नहीं रहे थे, बल्कि गा रहे थे।''

तिलचिट्टा चूहे की बात से परेशान हुआ। उसने पूछा, ''चूहे जी, ये गाना क्या होता है?''

''वही जो मेंढक गाता है।'' चूहा बोला।

इस बात पर मेंढक का गाना सुनने दोनों तालाब की ओर चल दिए । वहां एक बड़े से सफेद कुकुरमुत्ते के नीचे बैठा

मेंढक मस्ती से टर्रा रहा था।

यह सुन कर तिलचिट्टा ने भी वही काम शुरू कर दिया, जिसे वह तो आज तक रोना समझता आया था, पर चूहे के अनुसार वह गाना था।

उसका यह कार्यक्रम सुनकर मेंढक चौंक गया, फिर उछलता हुआ पास चला आया और ताली बजाकर बोला, ''तालाब की कसम, क्या लाजवाब गाते हो। लेकिन साथ कुछ बजाते नहीं। जैसे मैं पेट पर ढोल बजाता हूं। गाना बिना संगीत के कब भला लगता है।''

''मैं भला क्या बजाऊं?'' तिलचिट्टे ने मासूमियत से पूछा।

''वाह, तुम्हारे पैर तो खुद गिटार हैं, जरा इन्हें आपस में रगड़ कर तो देखो।'' बड़बोला मेंढक बोला।

तिलचिट्टे ने वैसा ही किया! और आश्चर्य! हाथों को आपस में रगड़ते ही इतनी महीन मीठी आवाज निकली कि तिलचिट्टा खुद ही वाह कर उठा।

चूहे ने भी सिर हिला कर दाद दी। फिर तो तिलचिट्टे ने हाथ रगड़-रगड़ कर और मेंढक ने पेट पीट-पीट कर गाना शुरू कर दिया। दोनों गाने लगे तो यूं लगने लगा जैसे आर्केस्ट्रा बज रहा हो।

घंटों तक गा लेने के बाद वे थक कर चूर हो गए तो चुप हो गए। तब तिलचिट्टे ने मेंढक से पूछा, ''मेंढक भाई-मेंढक भाई, एक बात बताओ!''

''पूछो'' मेंढक ने कहा।

''तुम क्यों गाते हो?''

''बरसात के लिए ! या यूं कहो मैं सूखे के डर से गाता हूं।'' मेंढक ने जवाब दिया और पूछा, ''मगर तुम क्यों गाते हो?''

''मैं मौत के डर से गाता हूं।'' तिलचिट्टे ने जवाब दिया।

''तब तो ठीक है। गाने का कोई कारण होना ही चाहिए।'' मेंढक ने कहा। बस इस तरह तिलचिट्टे और मेंढक में मित्रता हो गई। चूहा तो पहले ही दोस्त बन गया था। सो तिलचिट्टे के गाने की चर्चा दूर-दूर तक फैलने लगी।

फिर एक दिन चींटियों का सेनापति तिलचिट्टे के पास आ कर बोला, ''गायक जी, हमारी सेना दीमकों से लड़ने जा रही है। हमें जरूरत है एक ऐसे गायक की, जो लड़ाई के मैदान में जोशीले गाने गा-गा कर हमारी सेना का मनोबल बढ़ा सके। क्या तुम हमारे साथ चलोगे? तुम्हारी सुरक्षा तथा खाने-पीने का जिम्मा हम पर रहा।''

तिलचिट्टा यूं तो लड़ाई-चड़ाई से डरता था, पर जब उसे सुरक्षा का भरोसा मिला तो वह उनके साथ चलने को तैयार हो गया।

और शायद कोई यकीन ही न कर पाए कि चींटी सेना जब दीमकों से हारने लगी थी और हजारों की संख्या में दीमकें आगे बढ़ने लगी तब तिलचिट्टे ने एक बड़ा ही खतरनाक संगीत बजा कर उन्हें इतना पीछे खदेड़ दिया था, जहां से वे फिर कभी लौट नहीं सकते थे।

वहां से लौटकर तिलचिट्टा टिड्डों के शांतिदल के साथ उपद्रव जगत की यात्राओं पर भी गया। जहां उसके भजनों ने धूम मचा दी। आश्चर्य तो यह था कि उसका गाना सुन कर हिंसक प्राणी की भी आंखें बंद हो जाती थी और सिर डोलने लगता था।

एक बार उसके मित्र मेंढक पर एक सांप लपकने ही वाला था कि उसने तुरंत गाना शुरू कर दिया और तब तक गाता ही रहा जब तक मेंढक बहुत दूर न चला गया। सांप तो इस बीच आंखें बंद करने को मजबूर हो गया था।

वह तिलचिट्टा बहुत दिनों तक जिंदा रहा। सारी उम्र वह गाता रहा। बाद में तो वह तालाब के किनारे मेंढक के साथ

रहने लगा था। उसने और मेंढक ने मिलकर एक संगीत विद्यालय भी खोला था, जहां छोटे-छोटे मेंढकों और तिलचिट्टों को संगीत की शिक्षा दी जाती थी।

कहते हैं मरने से पहले उस तिलचिट्टे ने दूसरे सभी तिलचिट्टों के नाम एक लंबी चिट्ठी लिखी थी, जिसमें मौत के डर को फालतू कहा था और गाने की ताकत का गुनगान किया था।

वह चिट्ठी आज तक तिलचिट्टों को नहीं मिली है, कभी मिल जाए तो देखना।

नया साल, नयी सुबह

उस दिन भी पहले पूरब दिशा लाल हुयी और तब नए साल का सूरज उग आया। हरी मखमली घास पर फैला कोहरा सूखने लगा और काफी देर बाद जब सर्दी काफी कम हो गयी तो मोटा मेंढक टर्र अपने गर्म घर को छोड़कर बाहर निकल आया। वह नए साल की नयी सुबह का नाश्ता तालाब किनारे के किसी मोटे-ताजे कीड़े को मार कर करना चाहता था।

पेड़ की डाली पर बैठे सुनहरे मुर्गे ने मोटे मेंढक को तालाब की ओर बढ़ते देखा तो उसकी लार टपक आयी। 'वाह, नए साल की सुबह इतनी सुंदर!' वह पेड़ से कूदकर जमीन पर आ गया और दबे पांव मेंढक की ओर बढ़ने लगा।

इधर म्याऊं बिल्ली निकली थी आग की खोज में! मारे जाड़े के उसके सातों बच्चे अपनी खानदानी आवाज भूलकर चूहों की तरह 'कू-कू' किए जा रहे थे। सुनहरे मुर्गे को देखते ही वह होशियार हो गयी और झपटने का मौका तलाशने लगी। म्याऊं को पूरा यकीन था कि मुर्गे का गर्म गोश्त उसके बच्चे की हड्डी में जमी सर्दी को दूर कर देगा। अतः धैर्य खोए बिना, झपटने को तैयार वह मुर्गे के पीछे हो ली।

जाड़े की धूप मोटे मेंढक टर्र में नया उत्साह भर रही थी, सो वह पेड़ों और झुरमटों के बीच से होता हुआ तालाब की ओर बढ़ता चला जा रहा था-उछलते-कूदते।

शीशम की छाल से दांत रगड़ते खूंखार हरी आंखों वाले भेड़िए ने पहले मुर्गे और उसके पीछे मुलायम खाल वाली बिल्ली को अपनी ओर आता देखा, तो अपने को पेड़ के पीछे पूरी तरह छिपा लिया। और जैसे ही वे पेड़ के सामने से गुजरे वह भी उनके पीछे हो लिया। उसके चेहरे पर कुटिल हंसी थी,

चलते-चलते वह मन ही मन बोला- 'वाह, नया साल।'

भेड़िए की पुरानी दुश्मनी थी चितकबरे चीते से, और चितकबरे चीते ने काफी पहले से ही सोच रखा था कि भेड़िए को नए साल के पहले दिन ही इस दुनिया से विदा करना है। अतः पत्थर की ओट से निकलकर वह भी बाहर आ गया और दबे पांव भेड़िए की ओर बढ़ने लगा।

इस तरह हर एक दूसरे की जान के प्यासे चारों जीव प्रतिपल एक दूसरे के नजदीक पहुंचते जा रहे थे। उनके बीच का फासला लगातार कम होता जा रहा था। और होते-होते वह समय भी आ पहुंचा जब मेंढक और मुर्गे के बीच दो कदम, मुर्गे और बिल्ली के बीच चार कदम, बिल्ली और भेड़िए के बीच सात कदम तथा भेड़िए और चीते के बीच सिर्फ आठ कदम का फासला रह गया। यानी सब एक दूसरे पर अब झपटे तब झपटे।

और चीते से लपककर भेड़िए को दबोचना ही चाहा था कि एक भयानक दहाड़ ने आसपास का माहौल कंपा डाला।

मस्त मेंढक टर्र ने घबराकर पीछे देखा तो मौत का अवतार मुर्गा सामने था। मुर्गा पीछे मुड़ा तो बिल्ली का भयानक चेहरा देख उसके पसीने छूटने लगे।

बिल्ली ने पीछे देखा तो सामने लार टपकाता भेड़िया था।

भेड़िए की तो पीछे मुड़ते ही चीख निकल गयी-'अरे बाबा, यह तो उसका निर्दयी शत्रु चीता था' और चीता भी पीछे देखते ही सहम गया। वनराज सिंह स्वयं थे। उसे मौत गज भर के फांसले पर खड़ी दिखायी देने लगी।

लेकिन यह क्या? वनराज उसकी ओर देखकर मुस्करा रहे थे। चीते को घबराया पाकर वे उसके कंधे को थपथपा कर बोले, 'नया साल मुबारक हो दोस्त'

हैं? नया साल वनराज की तरफ से मुबारक! चीते की

आंखें खुली के खुली रह गयी। वनराज चले गए।

यह वक्त तो वनराज के शिकार का था। तो उन्होंने शिकार क्यों नहीं किया।

शायद इसलिए कि वे किसी को भी नए साल की नयी सुबह से वंचित करना नहीं चाहते थे।

चितकबरे चीते ने भी एक ही पल में नया निर्णय ले लिया। घबराए भेड़िए के पास जाकर वह बोला, 'कल तक जो कुछ था उसे भूल जाओ। आज से तुम हमारे दोस्त हो। नया साल मुबारक हो।

भेड़िए ने भी अपनी हरी आंखों में भरसक दया-भाव लाते हुए बिल्ली म्याऊं को नए साल की शुभकामनाएं दी।

म्याऊं ने मुस्कराकर सुनहरे मुर्गे को नए वर्ष की बधाई दी।

अपने जान की खैर देख मुर्गे के हृदय में भी परिवर्तन हुआ। वह मेंढक के पास जाकर बोला, 'जियो और जीने दो टर्र भाई, मुबारक हो नया साल'।

यह कहकर सुनहरे मुर्गे सहित सब जब अपनी-अपनी राह लौटने लगे तो मेंढक टर्र की जान में जान आयी और भगवान को शुक्रिया अदा कर वह तेजी से तालाब की ओर बढ़ा। सभी छोटे-बड़े जीवों को नए साल की शुभकामनाएं देने।

फूलों की खोज

एक घने जंगल में बूढ़ा चौकीदार अपनी पत्नी और नन्ही बेटी सोना के साथ रहा करता था। चौकीदार शिकारियों और लकड़हारों से वन के पशु-पक्षियों और पेड़-पौधों की रक्षा करता। उसकी पत्नी सारा दिन घर के कामकाज में जुटी रहती। नन्हीं सोना दिन भर उन जंगलों के बारे में सोचती रहती, जिसके बारे में उसने अपने पिता से सुना था कि वहां सतरंगे फूल खिलते हैं।

हर वर्ष सोना के जन्म दिन पर उसके पिता और मां उसे कुछ न कुछ भेंट अवश्य देते थे। उसकी मां उसके जन्मदिन के लिए अभी से पंखों वाली टोपी बना रही थी। पिता का कहना था कि वह उसे गाने वाली चिड़िया लाकर देंगे।

सोना चाहती थी कि वह अपनी मां के जन्मदिन पर उन्हें कुछ उपहार देकर चकित कर डाले। मां के फूल बड़े प्रिय थे। अतः मां के जन्मदिन वाले दिन सोना बड़े सवेरे उठकर फूलों की खोज में जंगल के अंदर की ओर चल दी।

एक नदी के किनारे पीले ही पीले फूल खिल रहे थे। सोना खुश हो गई। लेकिन जैसे ही फूल तोड़ने को आगे बढ़ी, पीछे से एक आवाज आई–'ठहरो।'

सोना पीछे मुड़ी तो देखा कि एक भेड़िया खड़ा है। वह सामने आकर बोला– "फूल बाद में तोड़ना, पहले यह बताओ कि तुम लोग दांत कैसे साफ करते हो? मैं पिछले छः दिनों से दांत में दर्द से परेशान हूं।"

सोना को बड़ी शर्म महसूस हुई। उसके माता-पिता एक पेड़ की टहनी से दांत साफ करते थे। लेकिन सोना तो कभी दांत साफ करती ही न थी। वह धीरे से बोली–"मुझे नहीं मालूम।"

सोना का उत्तर सुन कर भेड़िया चिढ़ गया। वह गुर्रा कर बोला–''लड़की, फौरन यहां से दफा हो जाओ। अगर एक भी फूल पर हाथ लगाया तो मैं तुम्हें अच्छा सबक सिखलाऊंगा।''

सोना आगे बढ़ी एक पहाड़ के सामने चारों और नीले रंग के फूल खिले थे। सोना फूल तोड़ने के लिए तैयार हुई। लेकिन तभी एक आवाज आई–''ठहरो।''

सोना ने देखा कि सामने एक शेर खड़ा है। शेर की गर्दन के बाल उलझे हुए थे, उनमें कीचड़ लगा था। शेर सामने आकर बोला–''लड़की, तुम अपने सिर के बाल उलझने पर कैसे सुलझाती हो? जरा मुझे भी बताओ।''

सोना शेर की बात का जवाब न दे सकी। उसने कभी अपने बालों में स्वयं कंघी न की थी। उसके बाल हमेशा उसकी मां ने ठीक किए थे।

उसे चुप देखकर शेर ने कहा– ''अगर तुम मेरी सहायता नहीं कर सकती तो एक भी फूल पर हाथ न लगाना।''

बेचारी सोना आगे बढ़ गई। थोड़ी ही दूरी पर एक तालाब के चारों ओर लाल-लाल फूल खिले थे। सोना ने ऐसे लाल चटक फूल पहले कभी नहीं देखे थे। वह पहले से भी ज़्यादा प्रसन्न हो उठी। लेकिन इससे पहले कि वह फूल तोड़ने आगे बढ़ती, सामने एक विशाल मगरमच्छ को देखकर घबरा गई। मगरमच्छ ने अपना विशाल जबड़ा फैला कर कहा–''ऐ लड़की, मेरी बच्चियां आदमियों के खेल खेलना चाहती है। जाओ तुम उन्हें झाड़ू लगाना और चूल्हा जलाना सिखाओ। इसके बदले में मैं तुम्हें ढेर सारे फूल दूंगा।''

सोना को न तो झाड़ू लगाना आता था न ही चूल्हा जलाना। वह मगरमच्छ की फटकार सुनने से पहले ही आगे बढ़ गई।

अब दोपहर हो चली थी। सोना चलते-चलते थक गई थी।

उसे भूख भी लगने लगी थी। लेकिन वह बिना फूलों के घर जाना नहीं चाहती थी। काफी देर तक चलते रहने के बाद वह ऐसी जगह पहुंची जहां सफेद और गुलाबी फूल थे। और हां, तरह-तरह के रसीले फल भी पेड़ों पर लटक रहे थे।

बस वह फूलों की ओर झपटी। लेकिन एक छोटे बंदर ने उसका हाथ पकड़ लिया और बोला, ''दीदी फूल बाद में तोड़ना, पहले मुझे जरा पढ़ना सिखाओ।''

छोटे से बंदर ने उसे दीदी कहा था। पर वह उसे क्या पढ़ाए, कैसे पढ़ाए? उसे तो खुद पढ़ना नहीं आता। एकाएक सोना फूट-फूट कर रोने लगी और तब तक रोती रही जब तक उसको ढूंढते हुए उसके माता-पिता उसके पास न पहुंच गए।

उनके साथ लाल आंखों वाला भेड़िया, उलझे बालों वाला शेर और मगरमच्छ भी थे। इन सबने सोना को ढूंढने में उसके माता-पिता की सहायता की थी। क्योंकि उसके माता-पिता ने भेड़िए को दांत साफ करने का तरीका बतलाया था। शेर के बालों में कंघी की थी और मगरमच्छ के बच्चों के घर में झाड़ू लगाई थी और उनका चूल्हा जलाया था।

नन्ही सोना को उसके माता-पिता ने गले लगाया। सोना के कहने पर उन्होंने छोटे बंदर को पढ़ना भी सिखलाया। सोना ने भी उसके साथ ही किताब पढ़ी।

लौटते समय सभी जानवरों ने सोना को ढेरों फूल दिए और वायदा किया कि उसके जन्मदिन पर इससे भी ज़्यादा फूल लेकर उसके घर आएंगे।

इधर सोना ने भी मन ही मन निश्चय कर लिया कि अब वह जल्दी ही सारी अच्छी आदतें सीख लेगी ताकि किसी को उससे कोई शिकायत न हो।

मेंढक को जुकाम

दस-बारह दिन की लगातार बारिश में भीगकर मेंढक मामा को सर्दी हो गई। हाल ऐसा हुआ कि कभी छींक तो कभी खांसी। छींक बंद होती तो खांसी शुरू होती। खांसी बंद होती तो छींक शुरू होती। छींकते और खांसते-खांसते मेंढक मामा हुए परेशान। मेंढक मामा को छींकते-खांसते देख मेंढक मामी भी कुछ परेशान होकर बोली, ''ये क्या हाल बना रखा है? सियार डॉक्टर से मिलते क्यों नहीं?''

मेंढक मामा बोले, ''डॉक्टर के पास खाली हाथ कैसे जाऊं?'' मेंढक मामी बोली, ''खाली हाथ ही भला क्यों? कुछ लेकर ही जाओ।''

''सो तो ठीक है पर क्या लेकर जाऊं?

सियार डॉक्टर जो ठहरे, जो-सो देने से नहीं चल पाएगा।''

मामी बहुत सोच कर बोली, ''तालाब से थोड़े घोंघे ही लेते जाओ न!''

मेंढक मामी की बात मान तपती धूप में सतरंगा छाता लेकर चल पड़े। डॉक्टर सियार घर पर बैठे दवाई की पुड़िया बांध रहे थे।

डॉक्टर से नजर मिलते ही मामा ने हाथ जोड़कर नमस्ते की।

डॉक्टर बोले, ''क्या बात है, मेंढक मामाजी।''

मामा बोले, ''डॉक्टर साहब! बहुत जुकाम लगा है। छींकते-छींकते और खांसते-खांसते बहुत परेशान हूं।''

डॉक्टर सियार हैरानी से बोले, ''मामा, अब क्या तुम लोगों को भी जुकाम होने लगा?''

''जी डॉक्टर साहब! जमाना बदल गया है। आक्ऽऽछींऽऽ।''

''सचमुच जमाना बदल गया है। आओ तुम्हारी नाड़ी देखूं।''

यह कहकर डॉक्टर सियार ने मेंढक मामा का पेट दबा कर देखा, जीभ भी देखी, फिर बोले, ''बड़ा तेज जुकाम है। मेंढक मामा।''

यह सुनकर मामा हुए बेहद दुखी। रोते-रोते बोले, ''तो क्या मैं ठीक न हो पाऊंगा? क्या मैं मर जाऊंगा?''

डॉक्टर साहब बोले, ''नहीं मामा! मेरे पास जो आए हो, सो ठीक जरूर हो जाओगे, पर लगातार सात दिन तक आना पड़ेगा।''

''जैसा कहो डॉक्टर साहब'', मेंढक मामा बोले।

डॉक्टर साहब ने दवाई निकाली और मामा का मुंह खोलकर भीतर दवाई डाल दी, फिर बोले, ''चलो मामा पैसा निकालो।''

मामा बोले, ''पैसा तो नहीं है।''

''क्या? पैसा नहीं, तो दवाई मजे से क्यों खा ली? पैसे निकालो, नहीं तो पेट काट कर दवाई निकाल लूंगा।'' डॉक्टर सियार आंखें लाल करके बोले।

मेंढक मामा डरते-डरते बोले, ''डॉक्टर साहब पैसे तो नहीं, ये थोड़े से घोंघे लाया हूं।''

घोंघे की बात सुनते ही सियार डॉक्टर के मुंह में पानी भर आया।

वे बोले, ''ठीक है चलेगा। पर सुनो रोज-रोज घोंघे मत लाना। कभी केकड़े, कभी छोटी मछलियां भी लेते आना।''

मेंढक मामा बोले, ''ठीक है डॉक्टर साहब।''

दूसरे दिन डॉक्टर मामा थोड़ी छोटी मछलियां लेकर सियार डॉक्टर से मिलने निकल पड़े। रास्ते में मिल गए अजगर महाशय।

मेंढक को देखते ही बोले, ''मेंढक मामा आज तुमको

खाऊंगा। बड़ी भूख लगी है। चलो आओ।''

अजगर की बात सुनकर मेंढक मामा घबराए, परंतु फिर अक्ल को काम पर लाए और बोले, ''मुझे अभी खाकर अपनी शामत मत बुलवाओ। मुझे बड़ी जोरों की सर्दी लगी है, मुझे खाते ही तुम्हें भी सर्दी लग जाएगी। पहले सियार से दवाई खाकर सर्दी ठीक कर लूं। फिर खा लेना।''

यह कहकर मेंढक मामा लगे जोर-जोर से खांसने और छींकने।

यह देखकर अजगर बोला, ''ठीक है, ठीक है। सर्दी ठीक होते ही आ जाना मेरे पास।''

मेंढक मामा बोले, ''जरूर दादा।'' यह कहकर वे सियार डॉक्टर के दवाखाने की ओर चल दिए।

छोटी मछलियां पाकर सियार डॉक्टर बेहद खुश हुए और मेंढक को दवाई दी। यह सिलसिला चलता रहा। देखते ही देखते सात दिन बीत गए। मेंढक का जुकाम भी ठीक हो गया, परंतु डॉक्टर सियार का लालच बढ़ गया। आखिरी दिन मेंढक मामा जब दवाई खाने आए, तो सियार डॉक्टर ने उन्हें एक रस्सी से बांध दिया।

मेंढक मामा बोले, ''ये क्या डॉक्टर साहब! ये कैसी बदतमीजी है?''

सियार डॉक्टर बोला, ''चुप ज़्यादा बक-बक मत करो तुम्हारी खोज में मेंढक मामी को यहां आने दो, सात दिन और केकड़ा मछली खा लूं, फिर छोड़ूंगा तुम्हें''।

उस दिन मेंढक मामा घर न लौट पाएं। दूसरे दिन सुबह ही मेंढक मामी ढूंढते ढूंढते वहां आ पहुंची। मामी को देख कर सियार बोला, ''रोज मछली और केकड़े लाने होंगे, तभी मेंढक मामा को छोड़ूंगा।''

अब मामी हुई परेशान, पर अक्ल से लिया काम। घर

लौटकर पहले गई मेंढक राजा के पास, मेंढकों का राजा था बड़ा दयालु। सारी कहानी सुनकर राजा बोला, ''भाभी मत रोओ, परेशान मत होओ, मैं अभी मच्छरों की सेना भेजता हूं। पाजी सियार के पास।''

यह कहकर मेंढक राजा ने सेनापति को आदेश दिया, ''मच्छरों के सरदार को सेना समेत हाजिर करो।''

मच्छरों की सेना मेंढक राजा का आदेश पाते ही दौड़ा-दौड़ा सेना लेकर हाजिर हो गया।

राजा ने आदेश दिया, जल्दी से जल्दी सेना लेकर पाजी सियार के घर जाओ और उस पर आक्रमण करो, उसको तब तक काटते रहो, जब तक वह मेंढक मामा को न छोड़े।''

इधर डॉक्टर साहब केकड़े और मछलियों के इंतजार में बैठे-बैठे गाना गा रहे थे, इतने में मच्छरों की सेना ने आकर अचानक उन पर हमला बोल दिया। एक मच्छर सियार डॉक्टर के कान में घुसकर बोला, ''हमें मेंढक राजा ने भेजा है, कहा है जब तक मेंढक मामा को नहीं छोड़ोगे, तुम्हें काटते रहेंगे।'' यह सुनकर सियार घबराकर बोला, ''अभी छोड़ता हूं, मुझे मत काटो'', यह कहते हुए उसने जल्दी से मेंढक की रस्सी खोल दी। और कान पकड़कर बोला, ''मुझे माफ करो, मेंढक मामा, मैं ज़्यादा लालच में आ गया था। मैं तो भूल गया था, कि लालच बुरी बला है।''

शाबाश शालू

आज छुट्टी की घंटी बजते ही शालू कक्षा से निकल कर इतनी तेज दौड़ेगा कि कोई उसे पकड़ तो क्या, छू तक नहीं सकेगा। रास्ते में वह कहीं नहीं रूकेगा। सांस भी घर जाकर लेगा।

रूकने का मतलब ही है गोपी से पिटना! गोपी आज शालू से बहुत ज़्यादा नाराज है। शालू ने उसे मुंह चिढ़ाया है। गोपी कह रहा था वह उसके नांक में घूंसा मारेगा। मुंह से खून निकालेगा। सिर फोड़ेगा और पीठ को पीट-पीट कर ढोल बना देगा।

गोपी यह सब कर सकता है उसका बाप पुलिस वाला है। उसका चाचा खूंखार मुच्छड़ है। और गोपी खुद भी तो तगड़ा है। वह कहता है कि उसके घर के सामने वाले बाग के बंदर तक उससे डरते हैं।

पिछले साल जब वह और गोपी दोनों पहली कक्षा में एक साथ पढ़ते थे, तब गोपी कभी इस तरह डराता-धमकाता नहीं था। उसे ही क्यों, पहले वह किसी से भी लड़ता-झगड़ता नहीं था। लेकिन तब के और अब के गोपी में रात-दिन का फर्क है। सब पर रौब जमाना गोपी अब अपना धर्म समझता है।

और सचमुच घंटी जैसे ही पहली बार टन्न बोली, शालू एक फुर्तीले खरगोश की तरह उछल कर कक्षा से बाहर भागा। गेट से बाहर निकल, एक बार पीछे देख कर वह पूरी ताकत से दौड़ पड़ा।

उसे दौड़कर आते देख मूलचंद की दुकान के बाहर दाल चुगता काला मुर्गा 'कां-कां' करता एक ओर भाग गया। यह वही खूंखार मुर्गा था, जो अक्सर ही स्कूल जाते समय शालू और

रिंकू के पीछे दौड़ा करता था।

गली के मोड़ पर वह सीधे जाकर एक कुत्ते से टकरा गया। 'भौं-भौं' करने के बजाए कुत्ता 'कें-कें' करता हुआ अंग्रेजी में बोला, ''ब्लडी फूल!''

कुत्ते को अंग्रेजी बोलता देख कर शालू चौंक गया, उसे रूकता देख कुत्ता घबरा गया तथा पूंछ हिलाते हुए बोला, ''तुमने जान-बूझकर टक्कर नहीं मारी है।अचानक ही टकरा गए हो। खैर कोई बात नहीं। मैंने इसका बुरा नहीं माना।''

कुत्ते को घबराया देख शालू मुस्करा उठा।

तभी उसे दूर गोपी दिखाई दे गया। और वह एक बार फिर पहले से भी तेज बहुत तेज दौड़ पड़ा। खंबे के बाएं से निकल पर चाटवाले के ठेले को पीछे छोड़ते हुए सब्जी मंडी में से होते हुए वह पगडंडी की तरफ दौड़ा।

आराम से घास चरती और पूंछ हिलाती भैंस ने एक पल तो उसे देखा, फिर न जाने क्यों 'मां-मां' पुकारती हुई खेतों की ओर दौड़ पड़ी।

शालू एक पल को खड़ा हो गया। यह क्या! सात साल के शालू से मुर्गा डरता है, कुत्ता डरता है। और भैंस भी डरती है! जरूर उसमें कोई खास बात है।

शालू ने मुड़ कर पीछे देखा। दूर तक गोपी का कोई पता नहीं था। वह धीरे-धीरे आराम से बस्ती की तरफ जाने लगा। उसके दिमाग में बार-बार यही प्रश्न घूम रहा था कि जब उससे मुर्गा डरता है, कुत्ता डरता है और भैंस भी डरती है, तो गोपी क्यों नहीं डरता!

पगडंडी के अंतिम छोर से काले मुंह वाला मोटा लंगूर उसे अपनी ओर आता दिखाई दिया, इतने बड़े लंगूर को देख वह कांप उठा। तब उसे याद आया-गोपी बंदर से भी नहीं डरता है।

शालू के कदम धीरे-धीरे ही आगे बढ़ पा रहे थे। उसके

और लंगूर के बीच का फासला लगातार कम हो रहा था और लंगूर पहले से भी ज़्यादा खूंखार लग रहा था। शालू का माथा पसीने से तर हो आया था। एकाएक उसके कदम जवाब दे गए। वह एक कदम भी आगे न बढ़ सका। उसे रूकता देख लंगूर भी रूक गया। अब दोनों के बीच फासला मुश्किल से बीस कदम था।

शालू का दिल जोर-जोर से धड़क रहा था। लंगूर अपनी पीली-भूरी चमकीली आंखों से उसे घूर रहा था।

तभी बिल्कुल अचानक ही, न जाने नन्हे शालू में कहां से इतनी हिम्मत आ गई कि वह लंगूर की ओर चार कदम बढ़ गया। उसे अपनी ओर बढ़ते देख लंगूर चार कदम उल्टा चल कर पगडंडी से उतर कर शीशम के पेड़ों की ओर भाग गया।

अब उसने राहत की सांस ली। मन से लंगूर का भय उतर चुका था। और साथ-ही-साथ गोपी का भी।

इस समय शालू के दिल में जो जोश था, मन में जो ताकत थी, उसका कोई अंदाजा नहीं लगा सकता था। अब उसके मन में गोपी के पुलिस वाले बापू और मूंछोंवाले चाचा का भय भी शेष नहीं था। आज उसे अपनी हिम्मत का अंदाजा हो चुका था।

कल शालू फिर स्कूल जाएगा, लेकिन एक बदला रूप लेकर। अब न तो गोपी उससे 'होम-वर्क करवा सकेगा और ही चंदर उसकी चॉकलेट छीन सकेगा। कल से कोई उस पर हाथ भी नहीं लगा पाएगा। पर हां, शालू भी किसी कमजोर को कभी नहीं सताएगा।

गुरू ज्ञान

गोलू को जब गुस्सा आता है तो उसकी मुंडी झुक जाती है। गाल फूल जाते हैं और नाक से गर्म हवा निकलने लगती है।

आज भी गोलू गुस्से में है।

सारा घर पकवानों की खुशबू से महक रहा है। मगर उसे एक टुकड़ा भी मुंह में डालने की इजाजत नहीं है।

उससे उपवास रखवाया गया है। सुबह-सुबह नहलाया गया है। कड़क सफेद कुर्ता और पैजामा पहनाया गया है। वह अपने को एक सफेद मुर्गे सा महसूस कर रहा है।

असल में आज मम्मी-पापा के धर्म गुरू घर आ रहे हैं। वे उनके यहां ही ठहरेंगे। बस उन्हीं के स्वागत में ये सब हो रहा है।

सच साढ़े सात साल के गोलू के साथ यह इमोशनल अत्याचार हो रहा है।

फिर भी गोलू को गुरूजी के आने का इंतजार है, क्योंकि पापी पेट का सवाल है।

दोपहर को, चार शिष्यों के साथ गुरूजी उनके घर पधारे। गोलू ने देखा। नाटा कद, सफेद बाल, सफेद लंबी दाढ़ी, मोटा पेट और सफेद धोती, नंगे बदन।

बड़ी धूमधाम से गुरूजी का स्वागत हुआ। मम्मी-डैडी के आग्रह पर उसे भी गुरूजी के पैर छूकर आशीर्वाद लेना पड़ा।

इसके बाद प्रवचन का दौर शुरू हुआ। कमरा गुरूभक्तों से भर गया था। भक्त हाथ जोड़ कर सुन रहे थे और गुरू हिंदी, बंगला और अंग्रेजी की मिली-जुली भाषा में सबको ना जाने आत्मा, परमात्मा, सर्वात्मा, धर्मात्मा का ज्ञान दिए जा रहे थे। मम्मी-पापा भी यूं आंखें फैलाकर सुन रहे थे जैसे गुरूजी खजाने

का नक्शा बता रहे हों।

और गोलू का गुस्सा बढ़ता जा रहा था। पता नहीं कब तक ये बक-बक चलेगी। पता नहीं कब पूड़ी-छोले और लड्डू जलेबी खाने को मिलेगी।

करीब ढाई बजे प्रवचन समाप्त हुआ और फिर सबको खाना परोसा गया। गुरूजी ने सिर्फ एक सेब खाया और एक छोटा गिलास दूध पीया। गोलू मन ही मन बोला- लगता है नाश्ता जम कर किया है। तभी तो पेट इतना तना हुआ है। मगर गोलू को खाने में मजा नहीं आया। ठंडी पूड़ी और ठंडे छोले। जलेबी भी नरम पड़ गई थी। सो मम्मी पापा के धर्म गुरू के प्रति गुस्सा और भी बढ़ गया।

शाम को पार्क से खेलकर लौटा तो देखा, मम्मी-पापा फिर से गुरूजी की सेवा में हैं। गोलू की तरफ उनका बिल्कुल ध्यान नहीं। झूले से गिरकर उसका घुटना छिल गया था, मगर उस तरफ भी उनका ध्यान नहीं गया। यह सब छोड़कर गोलू चुपचाप अपने कमरे में चला गया।

अब फिर गोलू को गुस्सा आ गया था। गाल फूल गए थे। नाक से गर्म हवा निकल रही थी। दिमाग में एक प्लान पक रहा था। और सामने एक कैंची पड़ी थी।

आधी रात के बाद, जब सब सो रहे थे। गोलू चुपके से उठा। हाथ में कैंची थी। दबे पांव वह गुरूजी के कमरे में जा पहुंचा। वहां हल्की रोशनी थी।

गुरूजी सो रहे थे। वह दबे पांव गुरूजी के पास पहुंचा। पूरी श्रद्धा से गुरूजी की दाढ़ी पकड़ी और कैंची चला दी। अगले ही पल गुरूजी की तीन-चौथाई दाढ़ी चेहरे से अलग होकर गिर पड़ी।

गोलू का काम पूरा हो गया। वह दबे पांव लौट चला। दरवाजा खोलने को हाथ बढ़ाया ही था कि एक आवाज सुनाई

दी-ठहरो!

उसके होश उड़ गए। गुरूजी जाग रहे थे। दूसरा आदेश आया-मेरे पास आओ।

वह डरते-डरते गुरूजी के पास पहुंचा। कैंची अभी भी उसके हाथ में थी।

गुरूजी हल्की मुस्कान के साथ बोले, ''धन्यवाद! मेरा भ्रम दूर करने के लिए!''

गोलू को हैरानी हुई। वह चौंका, ''जी..?''

गुरूजी आगे बोले, ''हां, भाई मैं सोचता था, ये लंबी दाढ़ी, लंबी जटा और मेरे वस्त्र ही मेरी पहचान है। जैसा किसी प्रोडक्ट का ट्रेडमार्क होता है ना?''

गोलू कुछ न समझा।

गुरूजी आगे बोले, ''लेकिन भाई, तुमने एक झटके में इसे दूर कर दिया। शायद मैं संकोच और दुविधा के कारण यह कदम नहीं उठा पाता। और जो भ्रम या शंका दूर करता है, उसे तो गुरू कहते हैं।''

गोलू को अब थोड़ी हिम्मत बंधी, जी में आया कि पूछे-ये घड़े जैसा पेट भी क्या आपकी पहचान है। कर दूं इसे भी पंचर। मगर इतना ही पूछ पाया, ''आपका पेट इतना बड़ा क्यों है? रोज लड्डू-पूड़ी और खीर-पकवान खाते हैं ना?''

गुरूजी खुल कर हंस पड़े, फिर शांत भाव से बोले, ''ये पेट खा-खा कर नहीं फूला है, बल्कि एक प्रकार के प्राणायम के कारण फूला है, जिसे कुंभक कहते हैं। बरसों से बस फलाहार ही करता हूं और एक बार दूध पीता हूं।''

गोलू को पहली बार लगा, गुरूजी ढोंगी साधु नहीं है। उसे लगा गुरूजी के बारे में कुछ और जानना चाहिए। उसने पूछा, ''आपने पढ़ाई की है क्या?''

गुरूजी बोले, ''हां, मैं केमिकल इंजीनियर हूं और एक

कंपनी का जनरल मैनेजर रह चुका हूं। समाज को कुछ लौटाने और लोगों में भाईचारे का संदेश देने के लिए मैंने संन्यास लिया है।''

''ओह!'' कहकर गोलू जाना चाहता था। मगर गुरूजी बोले, ''अरे जाते कहां हो, अधूरा काम पूरा तो कर जाओ, चलो कैंची से मेरी पूरी दाढ़ी साफ करो और फिर सिर के बाल भी उड़ा दो।''

गोलू को यह काम मजेदार लगा। और वह फौरन ही शुरू हो गया। कचाकच, कचाकच।

गुरूजी ने भी आनंद विभोर होकर गाना शुरू कर दिया-

नागेन्द्रहाराय-त्रिलोचनाय

भस्मांगराय महेश्वराय

नित्याय शुद्धाय दिगम्बराय

तस्मै न काराय नमः शिवाय

आधी रात को गुरूजी को इस तरह गाता देख दूसरे कमरे में सो रहे गोलू के मम्मी-पापा चौंक कर जाग उठे।

धीरे से गुरूजी के कमरे का दरवाजा खोला तो देखा गुरूजी की दाढ़ी-जटा साफ है। वो आंखें बंद किए मस्ती में गा रहे हैं

और गोलू भी उनके सिर पर तबला बजाते हुए अपनी बारीक आवाज में सुर मिला रहा है।